君が走っていったんだろう

木下侑介

新鋭短歌

君が走っていったんだろう＊もくじ

いつ見ても今が見えない

目を閉じた人から順に夏になる光の中で君に出会った

水筒を覗き込んでる　黒くってキラキラ光る真夏の命

目覚めたら君が住んでる街にいる夜行バスって瞬きみたい

目を閉じる度に光が死ぬことや目を開ける度闇が死ぬこと

鍵穴に貴方と舌を入れている　天国よりも遠い所で

完璧な死体と夏が誤解するほど僕たちは抱き合っていた

いっせいに飛び立った鳥　あの夏の君が走っていったんだろう

真夏の背骨

あの夏と僕と貴方は並んでた一直線に永遠みたいに

カッキーンって野球部の音　カッキーンは真っ直ぐ伸びる真夏の背骨

真夜中に俺が生まれた音がした燃えてる君の言葉の中に

お祭りで買ったジュースを飲み干して身体が虹になるのを待った

ため息の代わりに君と駆けだして水陸両用バスに乗りたい

夏の朝　体育館のキュッキュッが小さな鳥になるまで君と

もし俺が

爆心地また爆心地　放課後は君の足跡ばかり見ていた

天国の待合室だ　真夏日のコインランドリーは誰も居なくて

おろしたてのシーツを広げる　心ってどこからどこまで僕なんですか

何だよ皆、好きも言えずに俯いて。線香花火大会じゃんか

もし俺が宇宙人でも取り敢えずいい人止まりで終わるだろうな

Breathless

永遠の物まねしてる夏を見て僕らつぶやく「30点」と

青の温度

まなざしはいつも静かでまばたきは水平線への拍手のようで

青空は青しかないね　感情のどれもが答えじゃない夏の日も

図書館で閉じられていく本たちと、握られなかった手と手の温度

体温で溶けていたチョコ　心にもないことだって僕は言えるよ

君からのメールは君の声で読む　明日は天気になりますように

冷蔵庫を開ければ光が欲しかった夜が静かに息継ぎをする

天才児たち

新人とすぐに分かった閉店のアナウンスなのにテンションが変

恐れ入りますが切手をお貼りくださいの周りの四角と点々

額縁にきれいに入れた点点を絵として飾っている美術館

ＣＭを飛ばせるというＣＭを飛ばしてＤＶＤを観てる

クリックで救える命　この人のよだれはどんな匂いなんだろう

天井の木目が僕の顔を見て知ってる木目に似てると言った

地震予知警報が鳴る目の前の半熟卵を食べようか　喰う

死ぬ　夢と分かってホッとした朝の何日か後に確実に死ぬ

顔

はっとして荘周であったという時にはっとしていた荘周の顔

さいたまけんところざわししゅっしんと平仮名でも書けるデーブ・スペクター

ホルヘ・ルイス・ボルヘスが書いたという短歌はちょうど42文字

永ちゃんのそっくりさんに裁判で争って勝った矢沢永吉

「真相」という本の背表紙の真ん中にマイク・タイソンの顔

真冬の星座

幻は年を取らない　目を開けて眠る兎が月を見ている

僕達は腹話術師の人形が夢で見ている真冬の星座

ため息が広げたプールにつま先で立ってた　多分、たぶん歩いてた

海に行く夢　だったはずだったシーツの皺を伸ばして君は

「チケット?」「うん、プラネタリウムの」「また合わせ鏡の中で泣いたの?」なんて

深夜二時テレビはザーザー言っている僕の心をニュースにしてる

「あっそ」の代わりにそらした目。ぼくら、クラゲの死体を胸に飼ってる

鍵盤を一度に全部押す（きっと、誰にでも出来る予行演習）

そうだね、僕ら

教わってないのに僕らは空を見て答えのように泣いたりもする

少年兵

八月は生きていることが好き以外何にもわからない少年兵

青空

たくさんの遺影で出来ている青い青い青い空を見上げる

瞼は

僕が知る一番小さな草原のようだよ君の濡れた瞼は

第四次ロボット革命

使徒ですのパターン　使徒じゃないですのパターン　使徒についてのパターン

四次元のポッケに入れた四次元のポッケに入るほどの四次元

ドドドドドドドドドドドドドドドドドドドドどれかがドラえもんのド

もうずっと置きっぱなしのドア　彼はどこでもドアしか無いドラえもん

ドラえもん　うまえもんの絵が描かれたうまいぼう　美味い食べもの　棒

いないいないない（ブタゴリラ）ばあ「いないいないいないばあ」（ジャイアン）いないない　いないない　ばあ

浮かれたら雲の上まで行ってしまうドラえもんがする盆踊り

防風林《カーテン》

今、僕は僕しかいない　モノローグみたいに揺れるカーテンがある

冬　夜のプールは空の息の根を止めたみたいに空を映して

防風林　ピーっていう発信音の後に続いているその足跡の

微笑みと同じはやさでほぐれてく花びら　君は私の水面

静かだね　手のひらだけが僕たちの歩く川辺を知ってるみたい

ここにあるのは胸骨で、触れたのは指先　君も僕も流木

目をしてる

描きかけの絵本の中の目をしてる動物園で生まれたライオン

優しい人に

好きでしたですがでしたになるまでの日々をあなたに聞いてほしいな

水たまりだとは一応わかってる　言葉は鏡に映らないから

夢だって気付いた夢での「ありがとう」　雪解け水の温度のような

スクーターだけが停まってる駐車場　誰かを好きになりたいだけだ

真っ暗のスプートニクは何だよと呟いた後する体育座り

空っぽの水族館は八月の脳ミソそこで「ごめん」って言う

あれは月ではなく誰かの思い出の中の誰かの横顔だから

「走ったら笑っちゃうかも」何でって、聞く前に僕も笑ってたんだ

腕時計をしたまままついた日焼跡　夏から僕への伝言みたい

「泣きながら寝たことはある?」全員が優しい人になれたらいいな

蝶

順番に蝶が死んでく夜の部屋まるで誰かの子宮のようだ

燃える街

燃えている街を見下ろす燃えている街よ私が貴方の母よ

二十四時間リレーマラソンで優勝したことがあります

全中に出たこともある助っ人とマジギャザでしか盛り上がれない

「やる気ない奴は帰れ」で帰ったたし、地区センターで自主練したたし

沿道に「足が痛いのは気のせいだ」ってボードで　そうか　そうだったのか

蚊に刺されながら走った　蚊はずっと止まってたけど僕は走った

豚汁が（一日で４２０キロ走ったリレーの後でも）出るぞ

胴上げはしようでしよう　胴上げの殆どはぶっつけ本番だから

ルール・ザ・ワールド・ウィズ・ワクチン

たやすくウーウーうなる人になれるウーウーうなるただそれだけで

サミュエル・L・ジャクソンのLはサミュエルのエルの勢いを利用して言うL

新宿の人人人人人の中こっそり紛れ込んでいる入

トンネルを抜ければ僕がだんだんと遠ざかっていくトンネルがある

しんだあといわれた　えらいっ　こんなげーむにまじになっちゃってどうするの

海への切手

花言葉だけが揺れてる花屋みたい　あなたがいない日々の日記は

目の中の目に映る目よ　僕たちはいつも誰かの天文学者

窓ガラス　その向こうの空がどんなでも窓が僕らにする作り笑い

ほっぺたをフローリングにくっつけて　かみさまみたいなつめたさでした

今、虹が出ていたよっていう君のメールは未だに消せないでいる

瞬き／足跡

押し花も死の一つだと瞬きが呟く、春の、夏の、季節の

漁火《いじゃいび》のような陰毛　感情は産まれる前の海に返した

とても永い言い訳　何も言わないで歩く僕らを照らす夕陽は

どこにでも行ける気がした　真夜中のサービスエリアで空気を吸えば

ノートには書かれていない公式に夕陽を掛けて君で割ってる

走ったら分かるだろうか　寒いのと痛いの違いや真冬の意味を

文字はまだ多分、足跡　コピー機の光が雪原を走ってく

日々は日々を波のように洗うから君の言葉はいつも新しい

海にくすぐられたみたいに濡れている

あなたの髪を拭いたタオルが

雨も雨の音

手にはもう記憶は重いからふれば花びら　僕らは僕らの花器で

雨音は雨の言葉じゃないけれど、　やっぱり、　でも、　まだ、　雨を見ている

痛いって言ったら「あいたい？」なんて聞くＡＩ　人は人に似てるね

お互いの傘を傾け行くときにこぼれた　雨に降る雨の音

海だけが描かれた切手　僕たちが佇んでいた性善説

「ねえ、思い出した？」と声が　ベランダは空に一番近い浜辺で

ザラメの夜

ワンプレート皿というひどい冗談をベランダの向こうの月にあげよう

空をもしシュレッダーしたらこんな雨なのかな　皆こっちに来なよ

カーテンが膨らむ（君に言いたくて言えないことは言えないままで）

ザラメっていうのは星の轢死体もしくは夜がこぼした薬

感情に打つ句読点　鍵盤の音なら一つだけ聞こえたよ

書いて消しすぎた日記の字はまるで靴ずれ　日々に日々が足りない

アトリエ《ダイアリー》

駆けて行くのは誰だろう　目が合えば生まれる（「きみは？」）渡り廊下を
浸してた素足と素足　未満という名前の君の波打ち際で

すぐ折れる色鉛筆の芯　虹もかみさまもぼくも冗談みたい

コーヒーに溶けてくミルク　「思い出に重さはないね」とあなたは言った

比喩というとてもしずかに飛ぶ鳥をうつして僕ら、みずうみでした

音のない背泳ぎ　君は今ぼくの胸の真中をたったひとりで

エトワール

エトワールの抱擁　そう、感情はもう冬鳥の骨格標本

うん、なんて言えば降りそうな春の雨　心には弱い友達はいない

トゥーシューズは固くて　きっと心臓は心音にもう会ったのでしょうね

ジェジュ　（溶けていく角砂糖　でもぼくの骨格はそれを許さなかった

君の名前

声が好き　その後僕らはクーラーの音を世界の寝息のように
目はいつも最初のみずうみ　手も息も止めてあなたの名前を呼びたい

耳たぶが波打ち際のよう　君の打ち明け話が夜に触れたら

夜が海に、君が見ていた海になる　初めて下の名前で呼ぶ夜

水風船

なぜ夢の中でも夢を見るのだろう　雨が降る日の移動図書館

3年間見てた横顔　思い出す時には空と君が混じるよ

寝返りをするたび夜から剥がれてく、水族館のパズルのピース

積み上げた本は崩れて、紫陽花が咲いてる方の道をえらんで、

それぞれの海が広がる音がする図書館で、　僕ら、　きっと何度も

感情線という名の拙いこの岸を、　結んで、　閉じて、　ひらいて　鳥へ

雨

雨に会うそのためだけに作られた傘を広げて君を待ってる

ルビ

花にルビをふるように降る雨、雨の名前は誰にも分からないけど

手品

泣いていたあなたが僕の下手くそな手品で笑う　手品みたいだ

アジサイ

生まれたら、もう僕だった。水切りに向かない石の重さを思う

自殺した友だち　いつも天気予報ばかり見ていた僕の友だち

ビル風に吹かれて眠る　母さんは父さんをいつ好きになったの

雪げしき（あなたが音もなく開きつづける手紙の中でぼくらが）

止まるのはいつも息だけ　肺胞のようだね、錆びていく紫陽花も

でも、夜は広げるだろう　塗る前の塗り絵のように僕らの街を

月とシリアル

傘をさすようにだれかを思っても雨にはいつも問いしかなくて

すぐ祈るのは、悪いくせ　風の無い夜。僕たちの夜間遠泳

シリアルの音が響いて　拍手なら自分で自分にする朝のこと

ただ君と空を見ていた　前略も追伸も無い渡り廊下で

「月面にあるみずうみを夢で見た？」床で乾いているコンタクト

傷ついたとかは覚えてないけれど君の「ごめん」はまだ覚えてる

父さんが

父さんのアドレス聞いて父さんが桜が好きって初めて知った

日曜日より

君の手のひらをほっぺに押し当てる　昔の日曜みたいな匂い

あなたが言えば

海だってあなたが言えばそうだろう涙と言えばそうなんだろう

最後の童話

「幸せに暮らしましたが死にました。けれど死ぬまで幸せでした」

解説　一〇〇〇年たっても青春である

千葉　聡

1　最速の歌人ランナー

趣味はランニングです、毎日走っています、という程度の歌人はたくさんいる。だが、歌会に初めてやってきた木下侑介から「走っています」と言われたとき、いつもぼんやりしている僕でも、「この人は本物のランナーだ」とすぐにわかった。彼の軽やかな身のこなし、テレビで見かけるマラソン選手のような引き締まった脚、粘り強くひとつのことを考え続けているような真剣な表情。

あとで聞くと、彼のフルマラソンのベストタイムは、第64回別府大分毎日マラソンで出した2時間54分27秒。おそらく、現在、最速の歌人ランナーではないか。

　　目を閉じた人から順に夏になる光の中で君に出会った

この歌は、穂村弘が、『短歌という爆弾』（小学館文庫）の巻末スペシャル・インタビューのなかで、「一〇〇〇年も残るような歌」として、東直子の一首とともに取り上げ、「この歌、特別な言葉はひとつも使っていないけど、口ずさんだときに、ぱーっと胸が明るむような魅力がある」と評している。

そうだ。木下の歌は、つい口ずさみたくなるのだ。読んで、大切に覚えて、窓の外をながめる午後や、なんでもない帰り道に、そっと口ずさみたくなる。もちろん、走りながら思い出すのもいい。思い出すたび、視界が開ける。いつもの世界が新しくなる。

いっせいに飛び立った鳥　あの夏の君が走っていったんだろう

この表題歌の疾走感。失われたものへの感傷。「あの夏の君」は、今はもういない。だが、今、鳥が飛び立ったのは、あの特別だった夏に、僕のそばにいてくれた過去の君がそうさせたのだろう。時空をこえて、君が現れたのだ。いや、君の思いが今も残っていて、それが鳥に乗り移ったのかもしれない。

歌のなかでは、走っていったのは「君」だ。だが、君とともに過ごしたあのころの日々を思いながら、僕も走っているのではないか。僕の思いも、飛び立った鳥や、遠くへ走っていく君とともに、どこかへ向かっているような気がする。

木下侑介は、歌のなかでも走っているのだ。

2　「僕」と「僕ら」

この歌集のなかの「僕」（ときには「俺」）は、いつも道の半ばにいる。

生まれたら、もう僕だった。水切りに向かない石の重さを思う

深夜二時テレビはザーザー言っている僕の心をニュースにしてる

水切りは、石を水面に投げつけて、それがポンポンとはずんで飛ぶようにする遊びだ。上手にはずませるためには、平べったく、ちょうどいい重さの石を選ばないといけない。はずむ石は、勝ち組なのだ。それなら、僕は石切りに向いている石だろうか。不向きな石だろうか。「僕」は川べりにたたずんでいるのか。石を手にうなだれているのか。「僕」が「僕」でしかない、現実の苦さを噛みしめている。

放送終了後のテレビ画面の砂嵐。だが、それは放送技術上の雑音ではなく、「僕の心をニュースに」したものなのだと言う。ここに「僕」の主張がある。「僕」はまだ何も成し遂げてはいないけれど、それでも何かを発信したいと願っている。それは、とても小さく、人にはなかなか気づいてもらえないようなことかもしれないけれど……。

木下侑介の詠む「僕」は、現実の苦しさに、ちゃんと向き合おうとしている。「僕」は不器用で、純粋で、少し重たいものをかかえていて、それでも、悩んだのちに前を向こうとしている。一人だけの闘いだ。

その一方、彼の詠む「僕ら」は、読者をやさしく仲間に迎えてくれる。

教わってないのに僕らは空を見て答えのように泣いたりもする

とても永い言い訳　何も言わないで歩く僕らを照らす夕陽は

歌のなかでは、具体的な行為は描かれない。「僕ら」はなぜ泣いているのか、なぜものも言わずに歩くのか、明かされない。だが、「空」も「夕陽」も、遠くから「僕ら」をつつんでくれる。「僕ら」が思いを重ねるのを許してくれる。

　この歌人は、自分一人である「僕」には苦しみを、大切な人との共同体である「僕ら」には救いを、それぞれ与えようとしているのではないか。

３　死、生まれ変わり、変身

　表紙の絵は、ロシアの画家、ミハイル・ヴルーベリ（１８５６〜１９１０）の「白鳥の王女」。プーシキン『サルタン王物語』のヒロインを描いたとされており、白鳥が王女に姿を変える瞬間を鮮やかに切り取った、と評されている。

　この歌集のなかには、ハッとさせられるようなシニカルな歌も多い。

死ぬ　夢と分かってホッとした朝の何日か後に確実に死ぬ

順番に蝶が死んでく夜の部屋まるで誰かの子宮のようだ

しんだあといわれた　えらいっ　こんなげーむにまじになっちゃってどうするの

死を詠んだ歌を並べてみる。生きものであれば、死を免れることはできない。「よかった。死んではいなかった」とホッとした朝も、われわれはじわじわと死へ向かっている。はかなく舞う蝶も、時期が来れば、確実に死ぬ。だが、これらの「死」は、生まれ変わるための前段階のように思えてならない。「死んではいなかった」とホッとしたのと同じように、死んだ直後に人は「よかった。きちんと死ねた。次の段階に行ける」と思うかもしれない。「蝶」が死んでいく「夜の部屋」は命を育む「子宮のようだ」と描かれている。「死」は終わりではなく、この段階を経て、人は何かに変身するのだ。「しんだあと」に人生を「げーむ」と詠んだ一首には驚いたが、歌人はここでも、死を経ての生まれ変わりや変身を、あくまで軽やかに提示し、今生きている現実の苦しさを、なんとかぶっ飛ばそうとしている。

本書『君が走っていったんだろう』は、若き木下侑介が、現実の世界を生きる人たちに捧げる最初の本である。純然たる青春歌集だが、かっこよくスマートな世界よりも、生きるうえで味わう苦しさ、泣きだしたいような淋しさのほうが多く描かれている。だからこそ、これらの歌は、一〇〇年後も、いや、一〇〇〇年後も、読者に励ましやぬくもりを伝え、若い世代の生きづらさに寄り添うだろう。

そして、この一冊のなかで木下侑介は、一〇〇〇年たっても、青春歌人であり続けるのだ。

あとがき

「海でも行けよ、海はいいぞ。何もやんなくてもぼうっとしてればいいんだ」
海の何がいいか、行ってどうするのかを聞くと、そいつは繰り返しそう言った。

高校生の頃、ボクシングジムに通っていた。「中途半端な自分を変えたい」という理由で。ジムまで片道10キロをママチャリを漕いで通った。土日は10キロ走った。一年くらい通って体重は5キロ増えて、陸上部並みの持久力もついた。パンチ力は無いから、スパーリングでは全然勝てなかったけど、ジムは楽しかった。

しかし、そんな日々も高3になると終わりを告げる。進路を決めるという段階なのに、将来何がしたいか、全く頭に浮かばない。

ブルーハーツのようになりたかった。ほんとの瞬間が死ぬほど怖かった。だから、何でもいいから「これが俺だ」と胸張って言えるものを見つけたかった。

　フェンスを乗り越えた記憶がある。横浜の海は汚い。工場地区だったから猶更だ。でも海は静かだった。俺たちはただ並んで座って、何も言わないでずっと過ごしていた。

「愛の希求の絶対性」という言葉を知ったのは、歌人の穂村弘さんが書いた「短歌という爆弾」を読んだ時のことだ。

「愛の希求の絶対性って、ブルーハーツそのものじゃないか」

　そう思った俺は、読み終えるとすぐに短歌を作り始めていた。

「ウッチャ〜ン！」

　夏の海に来たからという理由で、真夜中なのにそう叫ぶ。

「なんでウッチャンなんだよ」

　その言葉で皆がゲラゲラ笑いだす。

「ナンチャ〜ン！」

　と叫びだした奴もいる。

「そういう問題じゃねえ」とまた誰かが言うと、「あ、誰か来た」という言葉が聞こえた。

　まずい。いくらなんでも、騒ぎ過ぎた。俺たちはバレないように走り出した。走りながら、俺は思う。「短歌を始めたんだ」ってこいつらに言ってみよっかなって。

　そしたら、何て言うんだろう。「短歌？　渋いなあ」かなあ。

まあ、何でもいっか。

この本は、一五二首を収録した第一歌集です。

今日まで、色々な方の支えがありました。特に、悩んでばかりだった日々に光を教えてくださった穂村弘さん、様々な投稿先で学びを与えてくださった東直子さん、くじけそうな時に支えとなるような評を書いてくださった枡野浩一さん、どうもありがとうございました。歌集出版の機会を与えてくださった書肆侃侃房の田島安江さん、歌集完成までの道のりを、一緒に走りながら粘り強く見守ってくださった監修の千葉聡さん、どうもありがとうございました。

二〇二一年七月十七日

木下侑介

■著者略歴

木下侑介（きのした・ゆうすけ）

1985 年、横浜生まれ。

穂村弘氏の『短歌という爆弾』を読んでから作歌を始め、「短歌ください」（穂村弘氏選）、「東京歌壇」「短歌の時間」（東直子氏選）にて入選を重ねる。

枡野浩一氏の「かんたん短歌 blog」にて、エッセイ「アイハブノークエスチョン」採用。「いつまでもその初々しさを失わず、愚直に丹念に書き続けられたら、あなたは「本物」になれると思う」（枡野浩一氏）と評された。

長距離走とブルーハーツ、ハイロウズ、クロマニヨンズの音楽を愛している。

趣味は懸垂。

好きな作家は坂口安吾とシモーヌ・ヴェイユ。


「新鋭短歌シリーズ」ホームページ　http://www.shintanka.com/shin-ei/

新鋭短歌シリーズ55
君が走っていったんだろう

二〇二一年十月六日　第一刷発行
二〇二二年五月十六日　第二刷発行

著　者　木下侑介
発行者　田島安江
発行所　株式会社　書肆侃侃房（しょしかんかんぼう）
〒八一〇・〇〇四一
福岡市中央区大名二・八・十八・五〇一
TEL：〇九二・七三五・二八〇二
FAX：〇九二・七三五・二七九二
http://www.kankanbou.com　info@kankanbou.com

監　修　千葉聡
装　画　ミハイル・ヴルーベリ「白鳥の王女」
装　丁　藤田瞳
DTP　黒木留実
印刷・製本　株式会社西日本新聞プロダクツ

ISBN978-4-86385-488-8　C0092